当代诗人自选诗

# 早班火车

宋晓杰——著

中国书籍出版社
China Book Press

图书在版编目（CIP）数据

早班火车/宋晓杰著.—北京：中国书籍出版社，2018.5（2024.1重印）
ISBN 978-7-5068-6836-5

Ⅰ.①早… Ⅱ.①宋… Ⅲ.①诗集—中国—当代 Ⅳ.①I227

中国版本图书馆 CIP 数据核字（2018）第 067110 号

### 早班火车

宋晓杰　著

| | |
|---|---|
| 图书策划 | 牛　超　崔付建 |
| 责任编辑 | 尹　浩 |
| 责任印制 | 孙马飞　马　芝 |
| 出版发行 | 中国书籍出版社 |
| 地　　址 | 北京市丰台区三路居路 97 号（邮编：100073） |
| 电　　话 | （010）52257143（总编室）（010）52257140（发行部） |
| 电子邮箱 | eo@chinabp.com.cn |
| 经　　销 | 全国新华书店 |
| 印　　刷 | 三河市华东印刷有限公司 |
| 开　　本 | 880 毫米 × 1230 毫米　1/32 |
| 字　　数 | 70 千字 |
| 印　　张 | 6.5 |
| 版　　次 | 2018 年 5 月第 1 版　2024 年 1 月第 2 次印刷 |
| 书　　号 | ISBN 978-7-5068-6836-5 |
| 定　　价 | 58.00 元 |

版权所有　翻印必究

## 目录 / Contents

- 001 残　荷
- 002 背景音乐
- 004 纪　念
- 005 不断地想到荷
- 006 十月，田野退去波涛
- 007 火车在我的梦中穿行
- 009 我痴迷于嘀嗒之声
- 011 我喜爱过平常的日子
- 013 下　山
- 014 春天的雪注定站不住
- 015 走着走着就慢下来
- 017 热爱植物是一种能力
- 019 把一树的桃花藏起

021 我是一杯温吞水
023 乡村路带我回家
025 菊花茶
027 早班火车（一）
028 早班火车（二）
029 我习惯于从晨光中识别天气
031 再一次提到火车
033 有一个日子在所有的日子中藏着
035 在公园的门口遇见金银花
037 灯芯绒
039 这个时节
041 小甜点
043 表　达
045 或许也可以叫：生活
047 书架上的书注定熬不过时间
049 夜行列车
050 开往春天的列车
052 长途客车上
054 每天从悲伤中醒来
056 怀念一种生活
058 走出齿科诊所

060　春天从一场感冒开始
062　经过某个墓地
064　某个中午的蝉鸣
066　绢：春的心情
068　热爱一切明净的色彩
070　怀揣秘密的人
072　让困厄和好运相伴而生
074　看起来很美
075　幸福生活
077　早　春
079　我所热爱的生活
081　胜利者的姿态
083　倒下的白桦
084　进了一回山
085　空的寺庙
086　森林的妙用
088　傍晚的云朵
089　可能的结果
090　新雨后
091　反　省
092　姿　态

093　我是你身体里的暗伤
095　在夜晚，等待一道闪电
097　悲　情
098　天一直空着
100　在我们欢娱的时刻
102　夜行列车……
104　玫瑰在香魂中穿行
106　走在陌生的地方
108　我是你没有说出的一个词
110　独坐雪夜
112　整夜的狂风
114　襄空如洗地迎迓春天
116　清晨·怀念
117　可能的爱情
119　一片草地
120　路过幸福
122　隐　情
124　假如你还没有想起我
126　永远的四点半
128　天亮了
129　烈　焰

131　迎接玫瑰

132　大芦荡

143　岁月：回首与瞩望

150　天堂失火了，拿什么拯救爱情

159　自述：北方

164　辽河北路：光阴的故事

171　阳关　阳关

174　武夷山水间

177　玉树诗篇

185　风，不停地吹打着院门

189　柳青故里行

193　父亲的草原　母亲的河流

## 残　荷

在昏黄的影中，安抚着光波
在逝水中羞涩地打着朵儿
繁华落尽，却在另外的眼中
复活！一万把花伞收拢，同时
也收起鼓噪、苦雨，说三道四的姿色

……向下推移，向下推移
更深的幽，珠胎暗结……

在暑热未消的傍晚，在夏的不安中
残花败叶，残花败叶啊
横七竖八地爱着那片池塘
如我，爱着污泥浊水中
莲的生活

## 背景音乐

走吧,做一个波希米亚人
浪游或冥想。在湖畔支起帐篷
让炊烟一直攀上山冈,摇摇晃晃
像乔木间的吊床,像西班牙女郎的疯狂

我是胸无点墨的旅行者,习惯于
坐享其成地消弭心智和岁月
捷克。艺人。布拉格。春天善解人意
春天最匹配竖笛、微风和灿灿星光

"我们不是像花儿那样,尽一
年的时光来爱;我们爱的时候……"
想不起花儿的开放,何况
一年的时光精确得不近人情,有点荒唐

我蜗居在黑而长的孤寂里,如一头

幼兽：坚守、繁衍、悲悯
把想象不出的地方
都叫做天堂……天堂！

## 纪　念

数字是金质的,端庄,气韵清新
而后喑哑,像返潮的天气
在阴冷前吃尽苦头;逐渐旷远、宽泛
视野推移着丰厚起来:细雨、幽香
灵动的眼波、审慎、羞赧;
平凡的碎片就是某个人的星辰
黄昏来得正是时候。旷野中
足音清澈、荒芜,大地陡然浑厚
朝向一个方向呜咽,日夜满怀生的理想
摇动旗幡,不仅仅是柔而韧的蒿
那些最细小、最尖锐的疼——
不是一根针,而是一段骨刺
被它绊倒,又被它扶起,一次次……

## 不断地想到荷

更确切地说，是不断地
想到藕，松垂的心绪
被紧紧抱住

一定有什么是时令
涵盖不下的。不断地想到荷
就是不断地想到斜阳、灰，私密的
后花园和一个家族的
繁华与萧索

如若把藕与荷连在一起
其实是在说一件丝光锦绸：
在枝形的烛台下，它不说不笑
忧悒着，发光，却异常惨烈

## 十月,田野退去波涛

风怎么就凉下来?
天怎么就高起来?
十月,田野退去波涛
犹如乌云,轻巧挪移脚步,汹涌着
黯淡了稻谷……密集地覆盖
——这精神最后的食粮、火焰
被收成和命运篡改

以退为攻,旧事重提
秋虫窃窃私语,交出寒心的秘密——
告诉我,还有什么不能释怀?

不接纳,也不反对
那些没有说出的
正是所需

## 火车在我的梦中穿行

如果忙碌与盲从,如果
必须在夜色中穿行
那么,应该节制地慢一点
应该有始有终

城市的后半夜,在水流声中
火车开进沉睡的城堡
虚伪的烟雾、蛇的腰身、咴咴的嘶鸣
都是有生命力的,铿锵坚劲
节拍也像生命一样无畏、忠诚

而我却偏执地认为——它只是
一个梦,一个重复呈现的梦:
瓷质、通透、辽阔,具有
某种暗示和昭引

怎么说呢,北方的
冬夜,长如车身——
在大地上,一寸寸挺进,淹没
白昼、坚冰和理智,一寸寸
开疆拓土,蚕食着
隐于虚无的灯火

月台上,欢呼的人群剪影般羸弱
一个人回头回脑间,惊诧地
把我认出。我依稀记得
他已死去多年
却能把黑夜看穿

## 我痴迷于嘀嗒之声

暗疾。无法言说的
隐痛和祈拜,在从一而终的
河流上,低语,扩散
层出不穷

我看到它提着灰色长袍
蹒跚着,转过栅栏和街角
而零碎杂沓的影子,秋叶一般
密集地覆盖、重温

嘀嗒的檐雨,不紧不慢
这夜以继日唯一的失眠者
内心厮杀,刀光剑影:
疯狂,淋漓,清醒而安静

揭开小小的疤——

铁钎通红，咝咝的烟雾中
那些繁盛之花隐秘之花
倒吸着凉气

沿着无可匹敌的颓圮老墙
头也不回地走下去
走下去，找到命定的缺口：
在海的尽头，一滴水的钟声
四散，把神宗
秘密埋葬

## 我喜爱过平常的日子

懂得停顿，懂得删减
懂得心平气和地忍耐是对的
耐心的培植需要过程
需要长长的路径：路边有芜杂的草、枯树
冥顽的石头，也许还有风化的坟茔
但那是一条必要而必需的路径

谁知道已经走出多远，会不会
太苦太贫太难太冷？在忍耐中，我喜爱
过平常的日子：布衣、菜蔬，从容地叙述
淡定地游走、朴素地思想……
避开节日的陷阱，避开威仪的车队、礼花
锦衣玉食、注目礼、追光灯也要避开
耐心地等待狂欢的河流，降下体温

花该开的时候自然会开

月该落的时候自然会落
内心的悲喜恣肆汪洋，决不漫过堤岸
我喜爱平凡，喜爱在平常的日子里
偷度此生；并在平常的日子里
心如止水地归于安宁

## 下 山

是的,需要改变
确实需要一把斧头
或一道闪电
收紧肌肤,不能放松

不用咄咄逼人的排比做台阶
不用血盆大口的夸张虚张声势
最简洁明了的比喻也不用
干干净净,清清爽爽:
说了就说了,做了就做了
我们心境宽舒地下山

翻过最险的山冈
我的脚步越来越低
连土地,都有了
踏实感

## 春天的雪注定站不住

三月已逝,关闭了声息,那些
越冬的褶皱起死回生
雪在凌晨醒来,擦亮眼睛——
开始长途跋涉;它不能停下
足音清澈,要去你辗转的床头
布满滴滴的梅子雨,旧衾保不住余温
乍暖还寒,比十一月的凄清如何?

鲜润滴在泥土里,泥土深沉了几分
滴在空旷里,空旷苍凉了几分
我不说那长存的
只说流逝……

## 走着走着就慢下来

是风的瓦解,还是光的引诱
或是息止的路径,脚力的
疲弱衰微

我慢下来,在应该不应该的时候
在自觉不自觉的时候:
把叶脉的通渠修筑顺畅
把鸟雀的音符打磨光亮
让种子在炸裂的一瞬收紧笑容
让河泊在一滴水中放大光芒

我要慢下来——锄禾、结网、放牧
生病、悲伤、沉默、怀想……
再把熟悉的事物印上陌生的徽章
一遍遍,一遍遍惊出泪水、燃起火光

我说慢下来就是另一种
疾走,就是在渐次沉陷的
大地上,跪下来
摊开双臂说:我爱!

## 热爱植物是一种能力

不单单是具体的植物
大约还指向其他的什么

我想,热爱植物就是爱一个气场
爱一种潮湿,爱一条滴不尽的河流
可是,嘈杂的人声中
我不敢轻言热爱
就像不敢对视不敢失神
不敢随意走动,不敢顺着风向
在旷野中升起火堆

植物是菜蔬,远离肉香
远离奢靡,远离灯红酒绿
可是,繁复的盛衰中
我不敢轻言热爱
就像不敢靠拢,不敢出声

不敢轻易地停下来

热爱植物是一种能力
在有限的迁徙与搬运中
我要学会热爱：那些巨大的，以及细小的
我要把它们的模样一一记在心里
默念，搂紧。让它们温润、肥硕、光亮
在夕晖晚照中摇头晃脑，吵吵闹闹
再把心思秘密封杀
溺死在简单的幸福中
决不走漏半点风声

## 把一树的桃花藏起

用柴草遮住洞口
若无其事地踱起方步
绸衫、礼帽、墨镜、折扇,趁着
夜色的掩护,在星辰的
耳语声中远去——
如山冈上突兀的消息树
独自枝繁叶茂,时不时地
重重倒伏

也可能是更具象的桃
把一树的桃花藏起
只能靠臆想和虚幻看到——
桃花,蛊惑的杯盏、液态的燃烧
它一直在游移的身体里醒着
摇摇晃晃,东张西望
更多的人浑然不觉,躲躲闪闪

像绕开熟稔的词语
绕开篱笆、陷阱、伤情、隐痛
让它永生，灿烂如疤

## 我是一杯温吞水

没有杀伤力而伤
没有穿透力而透
妥帖地依托、离弃
不必感激,或者回头
更不必旷日持久地内疚
我生来就是一杯温吞水
只为映衬一群人或一个人的
刚与烈,脆与薄

一张邮票、一滴鲜血、一棵草的力量
我都不具备。我的确是一杯温吞水
不清澈不讨巧不妩媚,不会使眼睛放电发光
说不清道不明,只喜欢暗淡的中间色
喜欢中庸的春秋,喜欢张弛有度、走走停停
我拒绝在强光下装腔作势,拒绝被
反复提及,拒绝被削弱或加强

哪怕是微小的一分

我已不可救药
谁对我也不应该要求太多
把我放在任意的杯子里好了
凉热适中，方圆随形

## 乡村路带我回家

最好是马车,有帘篷
有不太刺耳的响铃
高高在上的马车夫不停地吆喝
像阳光和浓荫在不停地歌唱

究竟是什么时候,我想好了
究竟与谁同行,我想好了
深秋明亮的琴弦
丝丝缕缕的隐痛、失魂落魄的金黄
但是,再好的脚力也是徒劳
再多的盘缠,也是徒劳
南辕北辙。信马由缰

夕阳下,枫林燃得正旺
我站在十字街头。一遍遍
擦干眼睛,一遍遍侧耳倾听

马打着响鼻儿,大地微微发抖
蝴蝶关闭了光斑的翅膀
晚霞收敛刹那的光芒:
乡村路尚在
家在何方?

## 菊花茶

用艾草的藤条和花朵
亲手编一个黑童话
然后,再拆散它
一片片,一片片
随波逐流。遇到石头
就自然地停下

苦日子都过去了
而你唇边的笑还是让我
放心不下
一丝丝,一丝丝
像风干的菊花

那么,给我一个
耐寒的杯子吧
给我沸腾的生活

一次次明目之后
让我看清：冲淡和从容

## 早班火车（一）

白得空虚。那些
夸张的烟雾，都是没有
重量和质量的许诺

是操练誓言的地方
连野花都司空见惯，不再羞怯
它们睡眼惺忪，扬着
早熟的小脸，看完每一场分别
再看早班火车蜿蜒着远去
像一条制造悲剧的白蛇
然后，慢慢地困倦
在太阳底下打着盹儿
如断墙旁翻晒往事的老人
或衣着朴素的先哲

## 早班火车（二）

去外省。头戴遮阳帽的女人
提着繁复的裙裾，疾走
像被晨风吹来吹去的
灯笼

千里之外
一个男人正依窗而坐
窗外，花儿开着或正要开着
湿漉漉的色彩和黎明

他用烟斗
计算着时间，偶尔
瞥一眼走时不准的
挂钟，脸
隐在半明半暗的藤萝中

## 我习惯于从晨光中识别天气

"看云识天气。"
这是在课本上学到的知识
现在早就忘没了
而我,习惯于从晨光中
识别天气

每天早晨
习惯地瞥一眼晨光
就知道阴晴,像我做了
十几年的主妇,从来不愁
碗里的内容

那一天,我推开阳台的拉门
又看到茶灰的云层中挤出寒光
——生铁色的,不太干净
每年,第一次看到那种寒光

我都会一愣,白痴似的
叨念着:秋天来了,地在变硬
血在变冷……
都说少女怀春,怨妇悲秋
而我已人到中年,许多事情
咽不进,吐不出

还是说那一天吧——
那一天,我把烧饭的时间
延迟了将近十分钟
直到初试锋芒的小北风儿
吹响钟声,我才清醒
就那么一脚门里
一脚门外地呆望着
想着粮食的命运,还有
人。收成抑或衰微

从晨光中识别天气
通常很准确
一个人的经验
没法说得清

## 再一次提到火车

没有必需的栅栏和灯火,更没有柳枝、
黄莺、长亭短亭。随随便便站在高处的
土堆上,或者肆无忌惮地奔跑,像个
贪玩儿的孩子,累了、渴了才肯回家
让它停下来是多么艰难,不管是
粗粝的风、偶尔温顺的花朵,还是
发光的铁轨、锃亮的小磁阀

是看得见流动的动脉,是定期
发作的痼疾,是神话中
不厌其烦、从一而终的装卸
多多少少有些可怕的徒劳

再一次提到火车,其实
已没有再提的必要。它躲在
一场秋霜的背后;却又站在一个福祉

的前沿。没有化透的积雪。伤恸的
旗旆或经幡绵延不绝,而我听到
更多的,是它整天嘶哑着喉咙一遍遍地
挥别,为遥遥无期的重逢……

偶尔也会例外:如果恰好是快速有力的
铿锵;恰好是丝绒般华贵孤寂的暗夜
我会知道:谁是久居,谁是过客
当然也会知道——那是别人的火车
正心急如焚地奔向另一个
似是而非的转折

## 有一个日子在所有的日子中藏着

经过怎样的锤冶,才能
练就穿越浮尘的双眼
经过怎样的祈拜,才能
惊现艳若桃花的飞天
日晷。沙漏。简单的枯荣。
都是共同的终极,不约而同地
钟爱一个方向

我们是最朴素最温良最经摔打的
植物,在大地上行走、缅怀、爱、苍老
播种停留、辛劳和泪水,只是为了叹息着
不再重蹈覆辙。事实上,有谁能够拗过
一粒种子的倔强;有谁能够对衰草和微茫
视而不见;又有谁能够亲手拆开沙砾
最小的细部?河泊无语东流

有一个日子在所有的日子中藏着
有一个人在所有的人中藏着
找不到他们，就是找不到自己，找不到
岸；就是找不到新生，找不到灯塔
找不到钻木的燧火……我注定是
忧郁的盲者，看不见他们
从容往复的踪影

可是，那一天不卑不亢不慌不忙
那一天大大咧咧懵懵懂懂浑然不觉
那一天是摧毁我的魔咒，只有我受用
对别人无动于衷。那一天步步紧迫
再以永恒的漩涡作结。最后的光华
灿烂陨灭

## 在公园的门口遇见金银花

我们是熟人,却并不相识
这多少有点不像话

金银花,我是在匆忙间遇上的
金银花,我是在画谱里遇上的
人们习惯于叫它忍冬
像我们可爱而土腥味儿的小名儿
倒使户口本上的名字有些生疏
有些装模作样

在公园的门口遇见金银花
我就停下脚步
一个人自言自语
好像两个人在一问一答,又像
失散多年的姐妹摇撼着臂膀
忽然面面相觑,语焉不详

在公园的门口遇见金银花
正是一场淅淅沥沥的雨在歇晌
芬芳，满脸感恩的泪水闪着光华

之所以想起金银花，是因为
今天清晨，那场淅淅沥沥的雨
还在接着下

## 灯芯绒

说不出的尊贵
在那个简约的年代,如一团薄雾
如花瓣莲灯,如可爱的小兽
追随左右

因为狂风,因为堤坝外的磷火
因为灯芯绒幼小的温热
我倾斜着身体,急于长大
真的,我不怕累和冷!

束着袖口,松着腰身,俏皮的
娃娃领。但是,高粱米的颜色美中不足
我日思夜想,日思夜想——
雪的翅膀。桦树的眼睛。极昼。
特别是木锅盖下压抑的稻香

灯芯跳动，失手打碎的夜晚
在我的憎恶与沉湎中，绵软地
纠葛着，不知去向——
犹如美丽清苦的
童年；爱恨交织的人间

## 这个时节

三月是盈盈的秋波
迷离、深邃，盛满蛊惑
在火焰的暗处悄悄聚合：
同时抖动的布匹，同时开启的
按钮，同时出发的雨水，那些需要
重新打磨的生活

星光灿烂。人们都交桃花运去了
而我只会生些桃花癣
苍白，没有香气和血色

尽管如此，我也不会抱怨什么
毕竟对一成不变有所回应
毕竟，热闹的枝头
很快就空了

而我的果实昭然若揭——
把春天带在身边
这锦绣盛大的花房

真的！我要求的不多。只需
一间尖顶的小木屋，还要
精挑细选：一株乔木、一个星座
一种幸福的疾患，还要适当的静寂
沉潜的力量和几个自然的日落……
然后，在缅怀中慢慢消磨
无所不有的微风呵，像当年
摇醒唯一的花朵

这个时节，露珠藏不住它的颤抖
这个时节，简单的事物都成为我的腮红

## 小甜点

与淡黄的橘灯有关
与纯白蕾丝的睡帽有关
薄薄的，小小的，脆，有芝麻
最好还印有花纹儿
比饱本身更耐人寻味
这不仅仅关乎生理的胃
还涉及喜好、态度和审美

一小口，一小口
感受满足、回溯和童年的背离
这样的细腻很少有了。粗糙。
对，粗糙——是无孔不入的铁锈
喜爱与第三者结合，节外生枝
造出点什么不测。而现在
我唯有奔跑：活动的、静止的奔跑
是饥饿拦住了我——

/ 041

虽然难得会有饥饿

我更愿意把它当做一个女子唤着：
小甜点！小甜点！不要胡来！
你的高傲和任性还在吗？还在吗？
我们对坐，一言不发
靠远方充饥、疗伤，给苦难
适度地加一点点
糖，或许是盐也说不定

## 表 达

一边在拒绝
一边却在吸引
不仅仅是指沉睡不醒的命题

我操持着笨拙的矛和盾
咬紧牙关——坚持！
而后，成为习惯
而后，一脸茫然
所谓的规律就是：吃掉骨头
却不露出一颗牙齿

"无穷的远方，
无数的人们，
都和我有关！"

噙满泪水，只朝向

一个方向
是的,我忧伤着——
为那些刚刚离去的
为那些缓缓到来的

## 或许也可以叫：生活

不管你是否承认
你养过伤，在我这里——
用好脾气的粥、蠢蠢欲动的
春季和一副善良的心肠
然后，像个不识字的红小鬼
你留下一张蹩脚的画
去追赶激昂的大部队

战火遍野燃烧，探照灯
撒下一层又一层薄雪或冷霜
你庆幸，巧妙地越过重重埋伏
补丁使去年的棉袄更加沉重
（补丁是一茬又一茬伤口呵）
严重影响你奔跑的速度
前方，之于你
是不长眼睛的子弹，迫切的

献身,可能活着的死亡

我敢肯定——过不了多久
你脸上刚将养出的红果
必定招惹欢腾的尘埃
必定招惹来历不明的冰雹
元气散失,如村东头老槐树上的
钟声,渐渐散失……
只剩下瘆人的静和三两声犬吠,无人
感兴趣的消息树,在一场骤雨后
悲壮而寂寞地倒伏

……关于这些避之不及的事情
你比我更清楚,但我们
谁也不肯最先说破
我背过脸去。不是拭泪

## 书架上的书注定熬不过时间

那是去年的冬天,下午四点钟光景
太阳正急急地提着它的灯笼下班
我们却谈兴正浓,坐在光晕里聊天:
酒桌上那些被酒隔断的话题
我们执拗地要接着讲完
感慨。发呆。叹息。
这样的日子多么有限——
我们是好朋友,却难得聚在一起
直到在琐碎的生活中抬起头
长吁短叹地说:是的,我也想念……

一次次回头,也不能忘记
匆忙向前,随时会有
意外拦住去路,我们硬着心
早已准备好悲壮地承担

五年前——并不算太久
我离开女友的房间
五年,并不算太久呵,可是
女友的背后却是一片昏暗:
曾经崭新的书籍,被时间的烟熏得
那么黄那么黄。我送的书
也未幸免。我的心发颤——仿佛提前
看到了自己的暮年。我蓦然想起:
空空的走廊。转动门锁的双手。青菜。
水饭。夏天闷热的午休。不急不缓
天南地北地叙谈……如今,怎么会
忽然想起?

是呵,有谁能熬过时间?

思想愈发成熟,躯体却愈发枯干
那天,我看见书架上的书站在
时光的深处——像忠实的
稻草人守望着无边的麦田……
昏黄的夕阳里,久远的味道
恰如女友渐趋恍惚的脸
我们相对无言——像当年
面临她忽然的婚变

## 夜行列车

那声音是利器,温存地
切入骨髓和时光

总会听到一阵阵咳嗽,夜晚更加
清晰、颤抖,振荡心肺
古城子:斑驳、苍远的名字
是东北平原上的一个四等小站
朴素,如夜色中的一片高粱
暗紫的灯笼,无语高悬
从它的意境出发,我成为
自己的异乡人

夜行列车,整夜整夜地
奔跑,只为发疯似的
寻找那句当年
没有说出的话

## 开往春天的列车

远方,我急于见到你
是因为你的单纯与烂漫
可以疗伤

开往春天的列车
如一排失声的雁阵
贴着我曾经的梦飞翔

那不是梦。一片洼地是我的家乡
在渤海湾畔,在辽河岸边
土地还没有换上春装
我们放风筝,呼喊,奔跑
是儿子的惊叫让我敛尽欢颜

——开往春天的列车
朝向天堂的方向

在歌声的尽头
我看到茫茫森林
挂满幸福的黄手帕……

## 长途客车上

想象不出
六个小时六百公里
二万多秒可制造机会
我与邻座的男人都触到膝了
却没有交谈——
诸如：天气、物价、球赛、战争
我都可以说上两句

他望向窗外，打盹儿、吃食物
看矿泉水瓶上简单的说明
仔仔细细，反反复复
并郑重地把矿物质送入体内
我则在充满国恨家仇的动作片中
心惊肉跳地翻着书
时间和武功在字里行间左冲右突，找不到出路
几乎没有一行文字被我读懂

一些相干的人和事
以及不相干的
纷纷在眼前晃动、穿行

"终于到站了！"
我伸了个舒服的懒腰，自言自语
那男人猛然侧过脸
微笑地对我说：
"长途客车真累人！"

## 每天从悲伤中醒来

每天从悲伤中醒来
每天从被动中醒来
这完全怨不得我

——是死神把我唤醒!

在夜晚与白昼之间
要求与满足之间
麻木与哀恸之间
安寝与睡眠之间
一小段狭长的
灰色地带

清晨,送葬的车辗过梦境
辗过弱不禁风的露珠儿
一根韧性的弦,失音了

哀乐。间或爆竹是煽情的高手
匆忙地、缓慢地
控制着另一种语言

人们呵，欢呼着谁的夭亡？

在渐渐远去的喧响中
心越来越坚硬如风
我抚着胸口
——这唯一鲜嫩的果子
怀想着快乐的死，痛苦的生

每天从悲伤中醒来
每天从死亡中醒来
完全是说不准的事儿

## 怀念一种生活

午后的一枚桃核儿
返回枝头,返回果实的中央
有轻浅的气息,敲打雨滴

化验室。洁净的操作台。
它们为什么后退着不肯远离?
试管被整齐的宁静照亮
指示剂被夸张的色彩擦伤
酸与碱中和了;痛苦与快乐
中和了。没有任何欲望
蒸馏水漂洗过的大褂,挂在门后
白得令人窒息。记录本上的
数据,如窗前迎春的苞芽
落了一茬,开了一茬

师傅甩动着手上的水珠儿

结结实实地坐在椅子的阳光里
她说:天气真好啊!

二十年了,我惊叹于她的语气和
坐姿,半点儿都不曾改变
只是她不停甩动的手,渐渐失却了
弹性——像已疲乏的乳胶管

## 走出齿科诊所

独自走在街上,我裹紧风衣
——它比季节更薄
我犹豫着,不知
到底该去哪里

没有仇恨也在切齿
这完全由不得我

已过午时。从敞门的快餐厅前
走过,仅停了一秒钟
感受遥远的饭香
我咽一口空有的食物
触及一种特殊的异样

有半颗牙齿被委以重任
但不是我的——

如今,什么都真假难辨
包括唇齿相依

## 春天从一场感冒开始

该流逝的都已挥师东下
该关闭的都已屏气息声
春天从一场感冒开始
身体里抽出第一片嫩芽

混沌。昏昏欲睡。
白昼将是黑夜和沼泽
而一个夜晚，却长似恒定的瞬间
长似冰封的回眸
默片。你是唯一的观众
也将是唯一的主演

假如有什么可以诠释
假如面对诱惑可能举棋不定
那么，在春天开始的时候
你就选择感冒吧

或者直接选择一种病毒
明丽的罂粟。罪恶地提取。
我小小的花篮,在痛苦的深处
无畏地启程

## 经过某个墓地

一种熟悉的气味
是我的嗅觉。有翡翠的
胡须,轻浅地溢出

石质的屋檐下,纯粹的
睡眠正酣,隔年的
月光,正在滴落
我听到:骨骼粉碎的声音
灵魂复活的声音……

是蛊惑,还是逃逸?
一次次侧耳倾听
一次次被自己绊倒
经过某个墓地,我狐仙一般
蜕变而出,诠释永恒

支撑着活下去的理由
少得只剩良知了……
每时每刻的缅怀,是我通往
尘世的唯一通途

## 某个中午的蝉鸣

有一阵蝉鸣记得我
那是一定的——像某个
暗恋我的人,无悔地
背负着树荫的沉重

钟声一般扩散。更深地
融入繁华,才会想起寂寥的蝉
才会掀一角心灵的幔帐
深呼吸

冷静的声息,从来都是
源于冷静的胸膛。潮湿逼仄的空气中
澎湃的血液,凉彻通途

多么无能呵,是那阵思恋我的
蝉鸣,信手把我遗弃在

城市与乡村之间。如一朵矢车菊
再踏上一只脚

随随便便大大咧咧熙熙攘攘的蝉鸣
高挑暗示的灯,使周遭万念俱灰

## 绢：春的心情

需要柔软的内心
去抚恤和体味

梦境中的阳光和绿色
照着矫情的橱窗，深宅中的旧事
是你娇生惯养的绣房
一落地就身价百倍。宿命的光辉
集婉约与妩媚于一身，春天
就是这样的感受吧

摈弃俗艳和粗糙，我需要
重新打造自己，为了配合你的尊贵
我已积蓄了足够的柔情和细腻
100%的SILK，百分之百的
五体投地。丝与丝之间的亲密
连微风都望而却步

绢：是不是没有未来的初恋
心境中的春天，激活了
一生的绝唱

## 热爱一切明净的色彩

人是能够改变的,有时候
真的还很突然。一次旅行的途中
一个明净的色彩告诉我

少年的白与黑,以及青年的
蓝与灰,多么单薄,不堪一击

越来越亮,越来越爱憎分明
水粉。明黄。橙红。碧绿。
五彩缤纷,张弛有度
除了钟爱,还有钟情
在色彩中,我妻妾成群
纯粹的颜色,是贴身又贴心的关怀
我不再喜爱杂合、混浊与暧昧

大师们洋洋洒洒,挥斥方遒

在感动的同时,他们让我无所适从
直到旅途中那个色彩改变了一切
长久以来,我的心中总是重复着升起
同一个耳语:你的身体就是画布
不需要调配和涂改,你应该一挥而就

## 怀揣秘密的人

上瞒父母,下瞒妻儿
义无反顾地加入先遣队
夜以继日,开疆拓土
把中间地带踏实、扩延,再种上
东拉西扯的荆棘和摇头晃脑的鲜花
环顾左右而言他

怀揣秘密的人,散发着书卷气
故纸堆里,忠贞不二的是珍贵的尘土
和眼泪。风雨、春秋秘密潜行,危机四伏
浪漫、辛酸……百转千回,瞠目结舌
纸里包着盐,纸里包着火
纸里包着双重的慰藉和忏悔

怀揣秘密的人是一颗定时炸弹——
隐身于真相,给沉实的日子以暗哑的光辉

化腐朽为神奇，石破天惊，高山流水

怀揣秘密的人是蜜蜂，也是蝎子：
在别人的甜中苦着
在自己的梦中醒着

## 让困厄和好运相伴而生

失踪多年的人,忽然回来
坐在树下,不言不语,只有
此伏彼起的蛙鸣,摇晃着浮萍
失忆,在隔世的晚风中
不要瞪大双眼,不要追问前尘
黯淡的朱颜止息了恋恋风情:
一个老人带走了村庄
一个少女埋葬了童贞

咏史。感今。惜别。重逢。
零星细碎的时光,纷飞如雪
绵绵絮絮,却把秘密窒息断送
谁是手艺高超的木匠,走南闯北
雕刻精髓的皱纹和风霜,栩栩如生

我的衣袋很浅,适宜少的物质

况且，不断地被我自己主动掏空
好运是重金属，负担沉沉；而困厄
是穿透布料的钉子，幸运的解脱
疼痛而闪亮。如塞翁失马
让单纯的事物开出花朵来吧——
喜忧参半，盛衰随性

## 看起来很美

像个阔少。在湖畔,跷起二郎腿
逍遥,铺张,四平八稳,滋润
而背景泄露了生活的全部:
不耐烦、零乱而细碎,急于更新

镂空的铁艺,欲擒故纵
墨镜后面,黑暗的王朝川流不息

## 幸福生活

倒计时,一触即发……这一年中
最后的两个数字;女人花凋落
如何美丽炫目,终归是一抔
灰。我伤风感冒,陷入病毒的围剿
寤寐不定,躺在沙发上
看自己的照片,替另一个人仔细端详
仍然陌生。没过鞋面的一撮积雪和
凛凛寒意将被一并寄走,还有那个纯白的
童话,虽然终究要慢慢化掉……

说日月匆匆是不负责的,其实这一年很长:
疫患、战争、地震、大火、井喷、海事、空难
当然还有意志、勇气、信心、牵挂
思念……生离死别。仍在继续。一些词语被我
私自珍存:人流、呼喊、寻找、细雨、安谧
挥舞的手臂、闪烁的泪光、辗转的夜晚、歌声

笑脸、南方、北方,没有说完的话
没有喝完的酒……它们的作用等同于
药片,基本上不怎么管用

儿子在他的房间里演练萨克斯,明天
学校联欢,共同欢送这一年走远
他说既主持又演奏,恐怕会很忙。那么
只吹一曲《春风》吧;如果时间够用
再吹《匈牙利五号》;如果时间再多些
掌声再热烈些,就再来一曲《啤酒桶波尔卡》
儿子吹得陶醉而满足,我除了沉浸
还应该自拔……该做晚饭了
我站起身,仍旧摇摇晃晃
但病情明显减轻了几分

## 早 春

还没有漾开——绿的波影,鸟鸣,雾霭
也不必说微笑发芽,螺旋式扶摇直上
再盘桓着,扩散到云天外……

起风了——是风最早醒来,接着:
衣袂飘飞的仙女、生气的众神、无名的
小角色,火焰和钟声也纷纷醒来……
风、花、雪、月,恰如四个规矩的星体
缓缓并入同一个轨迹,千载难逢
却被人类死心塌地地爱了万代
如多汁的葡萄,深情地眺望
失语,无眠,担忧,热爱
暗含克制的无上关怀

……我嗅到土地淡腥的铁锈味儿
在梦中直起腰来,田畴辽阔、透明

正适宜精耕细作；如另一种欣慰的激流
冲开坚冰，一路放歌：引领雁阵和

一个庞大的民族！

## 我所热爱的生活

复调,多声部的合唱
是一个人的所有智慧和资产
鼓乐齐鸣,鲜花盛开,密集的焰火
并不缺少人为的冲突和转折

……也可能是一桩赔本的
买卖,像隔夜的菊花茶,淡苦
失却清白。不过——

隐形的甲胄,使飞舞的暗箭
轻巧折断。城池陷……落……
软着陆,自成一格,在刀光剑影中
朱颜失色。而我,竟然毫发无损
被自己的无知庇护,发散出
微颤的光芒……

我所热爱的生活，就是暗含玄机
而又不超常规；间或
三两点渔火，自生自灭

## 胜利者的姿态

我是全能的手艺人：锄禾、放牧、打铁
伐树；还能盗取天火，躲过暗礁激流

我有海那么大的口
最好还有海那么宽的心
真的，我的手艺绝对不在任何人之下
集结起宝石、群星、羽毛、绵羊
糖、盐、粮食、灌木、土地、火种……
并且，死心塌地地爱着
一知半解的人生

但是，我请求——
猎手还虎豹以原野；渔夫还鱼蟹
以江河；捕者还鸟儿以天空……如果能够：
让鬼火熄灭，魔咒失效，潘多拉的盒子
抽出氧而萎缩、窒息……

轻盈、飘逸而俊美——
大地通透,满目皆是神灵

## 倒下的白桦

山路的危险渐渐远去
白桦,是一种额外的补偿
在暗得郁闷的森林里
白骨或一道闪电,使目光明亮!
巨大的磁场不断扩延
轻微余震,如水波荡漾

人世的心痛大体如此:
这个伟岸、涵养的男人呵
草莽使它现身——
没人听到它的第一声呼喊
没人摸到它的最后一次心跳

## 进了一回山

雾与灵,虚幻的世界
就是这么造出来的
而真实的林木,就在眼前
进山要趁早
正如教育和启迪,也要趁早

沿着盘山公路,螺旋上升
去制高点看几块刻字的石头
顺便向山下望一眼——
如智者,鸟瞰人间

## 空的寺庙

看起来很美！鲜亮的屋顶
是尖的。在柔和的绿中，是一种昭示
大殿、祭台、供品、各路神仙
一应俱全
古柏和松风，也一样不少
千年古刹，隐于葱茏的林莽深处
——而隐士，不知所踪

## 森林的妙用

馈赠与分送是秘密的
这汪洋的海中,绿是唯一的主角
森森林木,群居的家族,妙不可言
是缆车,给了我鸟类的翅膀和
蜜蜂的复眼,以便顺利进入仙境

森林是娇宠孩子的父辈
斜塔、铁索桥、瀑布、落叶松、老鹰
以及浑圆的落日
所有的生灵,无所不能

松鼠披着华贵的大氅
抱着宝塔般的果实,自给自足
松鸡悠闲地在草堆里翻找着小虫
卖山货的女人,熟悉核桃、板栗、松子、
杏仁和山外的世界……

果真如此,我就放心了

——我呼吸,就是交换生命
离开,就是把完整的生活留在原处

## 傍晚的云朵

这是六月十四日的傍晚
雷雨过后,红肖梨是受端详的
土地松软如糕,混着草的香、艾的苦
站在古井的院子里,我们旧事重提
有一搭无一搭地说着远方,说着常理
夹叙夹议,无师自通
云朵越过山色、屋顶和电线
真的去了远方

神秘的火焰,搬运着雪山
镶嵌着欲望和浮华的金边儿
失火的宫殿以及威严、缥缈的衣袂
长生不老的月桂树和寒凉
这乌有的一切,如人间的悲欢
说着说着,就消逝不见

## 可能的结果

山冈,被植物覆盖
犹如语言覆盖了思想
我希望听见自己朗声大笑
至少,是自言自语
然而——我关掉了所有的声息,虚拟黑夜
等待被寂寞的潮汐,淹没
层出不穷地长出
静默的草原

## 新雨后

叶片统统被清洗了一遍
连鸟鸣,也干净许多

经历了等同的雨量
它们是懂得感恩的一族
天空,蓝得不可捉摸
与最高的枝头,隔开更宽的距离
坡上的玉米,又长高了一截儿
呼吸中,有了小母亲的味道
一种可爱的秩序
重新确立

在高天厚土之间,只有我是缓慢的
缓慢地消磨,更新中年的印迹
一时半会儿看不出悲喜

## 反 省

在离家的第十天
窗前的吊兰,长出第11个关节
我不在,它依然一声不吭、野心勃勃
这微不足道的小小惊喜
让我看清——草木的良心!

——并因此,深深自责

## 姿 态

我是大地深处的花朵
花朵深处的雨水
雨水深处的蕊……
没有声音,只有颜色
没有要求,只有爱

## 我是你身体里的暗伤

你是异常完整的
共振,不容篡改、倾覆
倘若没有我的渗透和瓦解
你会更加坚固。然而,事实并非
如此简单。偶尔,你也会
生些小病懈怠、排忧:
红肿、痒,但不伤及筋骨
发作与治愈,全源于无缘无故

你惊诧地摊开左掌——
时序,已进入顺流而下的中游
再也握不住……在数字和荆棘的旷野中
逆风穿行,你潦草的肖像被群峰
和波浪簇拥,模糊不清……

翻过褶皱的梯田、荒凉的额头

碧空下，你看见辽阔的麦地身怀暗伤
年轻而又苍凉，一年年
无望地熟透

## 在夜晚,等待一道闪电

找一块耐燃的
磷,在唇与指之间
慢慢游走,掀起狂澜。夜晚
我在等待一道闪电,折断天空
垂下绵软的剑,寒光闪闪
——杀伤力只对我自己
起作用……

坐在大地的中央,我被一次次
呼喊摇撼。落叶萧萧……
在万马齐喑中,幸福地安眠
"随和的人是有福的!"

随和的人是有福的
并不是说,要长此以往地沉浸、孤单
在幽暗的谷底,仰望星空,静静地等待

一 道 闪 电！
等待超期服役的律令偶然解除
等待风暴中，云天永隔，流年偷换……

指向天空、指向大地、指向四方——
但请不要忽视：柔顺的枝条是欲望的手指
……假相就是真实的隐瞒。然而
我必须以树的脚步固定下来，一如从前
不再要求不再祈盼不再心存幻想
"记住每一天，那以你的早晨为徽章的日子"
记住万劫不灭的神祇：随和的人是有福的！

## 悲　情

下一场雨，就要下透
别只有几声闷雷，湿了皮肤
爱一个人就爱得彻骨，硬，然后疼
别让中途的帐篷四处漏风

我时而沉默寡言
时而眉飞色舞，只是因为
些微的感动

……请不要以针尖的口吻追问
如此凛冽的荒夜中
我是在奔赴天堂
还是在寻找深渊

## 天一直空着

"别人在借用我的身体!"
这山河的大地焦灼、干涸
急需大量的水,带走旺盛的肝火
带走子虚乌有的病毒和怀念

你恋着人间,所以你
注定不会飞得太远
但是,什么样的蛛丝马迹
韧性而执拗地牵连?

万物通灵,花草为媒
——身体的盛宴和狂欢
云烟,雪浪,泪,不灭的灯盏……
偷换了本真的意义和概念
"日日七夕;夜夜别离!"
欢娱的时光多么有限……

我敏锐、脆弱,贪生怕死
但并不是说我贪婪——我只要
你孩子的睡相、一个黎明,再互换一段
彼此无忧而忘情的时间

天……一直空着……
像某种不可思议的存在和预言

## 在我们欢娱的时刻

在我们欢娱的时刻
草木葳蕤，果实灌浆
知更鸟在高枝上欢快地啼鸣
在我们欢娱的时刻
月在上升，夕阳沉坠
花葵落尽残红

在我们欢娱的时刻
一些新鲜的生命，降临凡世
在我们欢娱的时刻
一些痛苦、厄运、灾难，四散成尘
一些人在风雨中冲出家门
走失在无望的途中……

欢娱是无知的羞耻和罪愆吗？
不！欢娱是圣洁的宽恕，及时的感恩

举起手，我发出不同的声音
像瞬息透明的一粟，来到海中
幸存的光亮；是泉涌的伤口
交出时间的底细，在忽然的旅程

……在我们欢娱的时刻
一切无可避免地发生

## 夜行列车……

那些重叠的部分,是我们
共同的心思——妥帖、细密、铿锵
黎明时分,在不得不分手的地方
岔开,没有温度,干净利落
我的冥想依然滑行,而你
去了更远的远方。铁轨绵软着
流线型的过度也不能缓和
生硬的表情。拒人千里之外

我是水陆两栖的草
半点风声,我都知道
你是另外的一根草:站牌、人海、
气味儿、一个顽固的倾向……
清晨的空气阴冷、鲜润、脆弱
行色匆匆,夕发朝至。你是自己
简单的行囊,迫切需要

一块踏实的土,安放

铃声喧哗,那是你推开家门的时辰
我该安睡了。在另一座城市
飞驰的夜行列车,缓缓驶入站台

## 玫瑰在香魂中穿行

当我轻轻念出：玫瑰！就倾斜着沉醉
啜饮星光，像斟满红酒的杯
那是尘埃滑翔的过程，慢动作，回放
每一个细节都沉稳、低调，蓄积着力量
呈现出无可挑剔的堕落之美

当我悄悄写下：玫瑰！就种下海洋
推开波浪，像后花园频繁出没的鬼魅
那是施展妖术的结果：呼风唤雨，穿门越户
每一颗沉沦的心都惊悚、飘游，得以安慰
无边残月是仙境最后的余晖

终年不散呵，缭绕的香气、幽魂
流荡于时间的低迷之谷，体贴入微
荆棘的花环高悬，尊严而景仰——
如直身黑裙停在膝盖上：简约，分寸，妩媚

隔着柔情、迷幻的粉红色,玻璃窗里
是谁在发呆,满怀心事;忽又抖动柳肩
无声地,笑出皱纹和眼泪

## 走在陌生的地方

你想象不出我的落寞
如暗紫的葡萄,在街头
承担起过盛的秋水
千里之外,坚劲的鼓点骤雨初歇
苦香流荡成河

什么都不必去想——
诸如:面具、背影、炊烟、伤害
甜言蜜语,可有可无的一切
都没有一次深呼吸来得重要了

双手插在裤袋里,走走停停
像斑驳的舢板分开水面和微风
像蝶自由地起落翕合
我的目的只有:走!
哪管随意的大街小巷、房前屋后

最好忘掉游移的土地和可能的结果

我多么热爱陌生!
热爱屏障、玻璃,川流不息的辽阔
热爱熟悉的事物在陌生中
昙花惊现。星泪纷纷

你想象不出我的沦陷
彻底、决绝,层层递进……
在关键的声部,陡然转折
我注定要随波逐流,因而你
永远不会遭逢我。魔瓶锁紧咒语
呜咽着渔火。一场社戏正进入高潮
而我们已彼此失散:
爱如汐水,但并不与你联络

## 我是你没有说出的一个词

足够新鲜的表述,而总有
机敏的词汇,被你
言语的陷阱避开

茶甜蜜地苦着,慵懒的时光里
我是等待舒展的叶脉
不知魏晋

有一个词,贵族般奢华
成就了我的一世苦难,半生漂泊
最后的结局会是怎样
熄灭、毁灭,还是幻灭?
我不分昼夜地祷告
只为改变命运的一件小事
或一个路口

太阳浴血而出的清晨,我终于幻化成
浩繁中,刺伤你双目的那个词

## 独坐雪夜

掩埋了温度和喧哗
只留下静的内心
任意挥霍。清晰坼裂

雪橇生风,卷起波浪
四匹白马昼夜飞驰
去外省。一颗六角星星
悬浮,异常温暖,拒绝融化
赶上大雪。遇到丰年
具体的城池盛产珍珠和水晶
使夜晚高高在上,剔透而坚硬

与世隔绝,遗忘的玫瑰
犹疑着吐露芳菲
在暗处,回曲的花瓣舒缓
层层递进,直抵本质

棉花的云团中，灯芯跳跃
失手粉碎了天光和宁静。汹涌。
在月下升起旺盛的篝火——
黑夜中独坐的人是光明的
黑夜中独坐的人是
光——明——的——

失火的天堂，彻夜未熄
翔舞。华丽地转身：
写下的，已非本意
错过的，不再提起

## 整夜的狂风

　　一次搬运。吃力的
　　徒劳的搬运

　　狂,是它的性格
　　在不为人知的地方操纵着
　　不定期发作。谁能充当装卸工
　　卸下它的力量、愤怒和心碎?
　　街衢,河流,波涛的森林
　　或一个人,或几句平实的话?
　　咬紧牙关,握紧它的手
　　沉默,也许落泪
　　等待它慢慢地……心软……

　　第二天,依然春和景明
　　依然如常地生活,平庸,胡思乱想
　　看不出什么不同。只有树梢

垂着头,缅怀昨夜那场
轰轰烈烈的私奔
……在内心

## 囊空如洗地迎迓春天

春天解开我的心事,反而
系牢我的发辫。在时隐时现的
风中,时断时续地安眠

轻。薄。空。
渐渐失却重量和质感
变卖自己,像一根浮动的
草,沿街叫喊

大地下陷,沉实地
下陷。带着雨水、温度
麻木和深情。当然
也带着去年的皱纹,还有——
鲜嫩的树芽儿,淡薄的伤痕

这个春天转眼就过去了

我不爱说它像一个梦
可它确实具有梦的特质:
甜美、寂寞、干净。不曾发生。

我不得不洗心革面——
不得不一次次忘却决心和时间:
一边多愁善感地抒情
一边迎接具体的黑暗

## 清晨·怀念

每一个日子都是特别的纪念
每一滴雨水都是不得更改的誓言
记住；遗忘。以皱纹和松针的
名义……在清晨无忧地醒来

是多么奢侈！鸟鸣。和风。朝阳。
淡淡的烟火味……感恩、伤情的心
念念不忘，如深海中的岛屿
或冰山，时沉时浮
被旁无干系的人
视而不见

## 可能的爱情

我们说笑着转下台阶
——当然,你离我很远
像一枚石子隐于河滩
你隐于纷繁的人流
可我朗声的大笑的确只为你

黑暗漫过来,一如石桥下的水
漫过白昼与喧嚣,满月
一滴硕大丰沛的泪,努力地
为一个人噙着——
我忧伤着,却笑得最响
没有人知道真相

客车开走了
光滑的卵石还留在座位上
像匆忙蜕下的蛇皮

像我们刚刚遗失的体温
像迷离的相遇，像可能的爱情

## 一片草地

让我们做个游戏,猜个谜语:
一片草地(打一花名)
谜底是:梅(没)花

就是说,这个谜底
是否过于牵强
并不影响游戏的质量
旅行车上,前仰后合的笑声中
我第一个抢到答案,并因此
赢得导游的口头表扬

他们永远也不会知道:那一刻
我——心——荒——芜——
除了草,什么也没长

## 路过幸福

使命,我说使命
是怎么一回事,怎么
就会使翅膀变轻

我还说起池鱼般的往事
枝蔓、山冈、雾霭和繁星
说起骗人的誓言和未来
其实,那些都是靠不住的。还有
暗下去的薄暮,艳起来的绯红

——除了靠不住的所有
还有什么值得依靠?

路过幸福,麻木地没有知觉
习惯是越来越钝的一把刀:
在流水和狂风中立定脚跟

是多么艰难。多么艰难!

"我们一面生活,一面频频告别。"

## 隐 情

那一瞬间,一切
都不复存在!前尘的
荣辱、来生的悲欢,全部
演化成遗世独立的白……

旧病复发,最好的医生
只能是自己

我抖开口袋,雪就下起来了
欢快跳跃四散逃逸的
情书,为何只剩下空空的纸?
曾经滚烫的文字,制造完
内伤,就怎么也吐不出
不说我比白雪更白
你却比黑夜更黑

这是今年的第一场雪

肯定不是今生的最后一场

但是，无法测量的沉重

使我的身高越来越矮

越来越接近所热爱

的土地

## 假如你还没有想起我

夜太黑,太寂寞
撒一把燎原的星星
让夜散发出冷艳、孤傲和鬼魅
像你唇边不易察觉的笑
一闪一闪,永不消亡

等不到再次轮回了
在神的祷告声中,我上路
穿过海峡山川
穿过大街小巷
穿过必要的喧哗和安宁
穿过疯长的花萼、枝蔓的藤萝
在你的疏忽中,登上催发的兰舟

我的指甲渐渐圆润
一点点失却锋芒,像迟钝的日子

被盐分锁住锐气和寒光——
这不是谁的错,更不关
具体的你我

而暗疾旺盛地复活!

假如你还没有想起我
我只能沿着那条颓圮的老墙
一直走到天亮
猜着指头,哼着歌
哪管小竹篮的芳菲纷纷熄灭
哪管如血朝阳支离明镜的江河
残败而忧伤,却无从说破

## 永远的四点半

不仅仅是指
光阴逃离钟表。不仅仅

谁抄袭了那句睿智的格言
并美其名曰：永恒。

是梦回深渊的那一刻
是星辰敛回光芒的那一刻
是体内的雄鸡鸣响的那一刻
是农夫把铁锄滑下肩头的那一刻
更重要的——是我们心平气和地
逼视着诘问的那一刻……

我们都被善意欺骗了
睡眠沉沉辗过，雨滴辗过
速度和距离鳞鳞辗过

注定要与你纠葛了。你却
忘却生前身后一般坦然
像十年前，朋友随便的一个手势
意义非同寻常地植入风中
令我长久地心痛

## 天亮了

麻灰的质地,是一根秒针的颠覆
刹那,更沉的暗压下来
探向湖心的木桥吱呀有声。团扇
分不开的浓度,只能依了它的任性
逝水之湄,溪草最早听到风声儿

多么辽阔的哀愁、新生!
巨大的画布,顷刻间热闹起来
而确切的我们却淡下去,淡至虚无

天亮了,我们复归原位:
匍匐或低翔,如列车一样
憧憬,相安无事,闪闪发光……

## 烈 焰

除了极少数用来界定沉默、失火的
天堂、地下奔走的熔岩
更多的情况则是用来
比拟流星、激情、四射的光芒
那一天,我在抑郁中抬起头
却看见愤怒的红绸舞动,稀薄的呼吸
窒息于沸腾的西天

刀光剑影。是什么在体内摇旗呐喊
没有硝烟的战争更为惨烈
振聋发聩,车覆兵残

……我还是要走
为了什么也不为什么
哪管身前背后的寒光尚暖

远远地兼程。不问归途
像又一次被流言驱赶
又一次被灰烬毁灭,被灾难放逐
或者,一场唇枪舌剑、一阵霹雷闪电
一个美丽的阴谋、一座温柔的陷阱……

不知道我是谁,但我知道:
我是黑夜的新娘,是旧情的新欢
是一意孤行的执拗,是一往无前的勇敢
谁也不能阻止我的燃烧!

——在日复一日的聚积与冲突中
寻找我的火山口
无所顾忌地,隆起或塌陷

## 迎接玫瑰

接近你,就接近某种喻体
持重的夜色中,粲然倾泻的
余韵,是哪个精神部落
最后的光辉

坎坎坷坷的来路上
是谁殷勤地瞩望,以至于脚步
淹没了归途

迎接玫瑰,以笔直的偏锋
以情人——滴血的唇!

## 大芦荡

为什么我的眼里常含泪水,因为我对这土地爱得深沉……
——题记

### 1

从哪儿说起呢,大芦荡
在你澎湃汹涌的潮汐面前
我微弱的赞美破土而出
嘹亮地招展

在北半球的中国
在中国的东北部
在东北部的盘锦境内
我微小的心中蕴藉着滔天的巨澜

不要说我是因你而生
但我生命的部分或全部
必定与你有着某种
割不断刈不开的渊源

2

裂变。一定是千百万年前的约定
一群群流浪的水草在此登岸
一根两根，一片两片
从此，生长蛮荒和贫瘠的土地上
芦苇像喜讯一样蔓延

第一个与你对视的目光
是多么疑惑
第一声叫出你名字的语气
是多么惊叹
春华秋实，星移物换
在水休憩的沼泽扎根
在陆启程的津梁繁衍
叱咤风云惊天动地的壮举
原是不动声色的呐喊
你因为爱这片黑土而爱着我们
我们因为爱你而爱着人间

### 3

承载第一缕霞光的
一定是仙鹤的双翅
缘引季节的轨迹
乘万里长风,挟万钧雷霆
匆匆驶入心灵的航线

远远地,绰约仙子驾祥云而来
钟鼎齐鸣拍击着胸岸
一股股热流在冰床之下奔涌
渴望的双眼把寒意引燃
纤纤玉足翔舞,汤汤辽河生烟
那些无畏的芦根是春天的命脉
是你与大地最紧密的牵连
是谁在钟表的背后操纵着光阴
操纵着从冬到春、从黄到绿的嬗变

浩荡的日子里
我们偎依着你的涛声入梦
芜杂的日子里
我们呵呼着你的名字取暖
麦菽营养了我们的体魄
芦荡呵,你覆盖了我们精神的家园

4

这是八月一个细雨的清晨
下过一场透雨的夏天
我信手推开窗子
推开一片恼人的市井
感受雨丝的悱恻和缱绻
就在我身处繁华迎风而立的刹那
我听到灵魂遥远的呼唤
细沙一样的交谈,粼粼而来
比甘霖更透彻的醒悟
把凡尘牧羊一样驱赶

虚寒。这本燥热的八月
并不是一场雨就能制造一种虚寒
说不清那呼唤怎样震惊了我
怎样令我坐立不安
关于来路的探寻,关于去意的决断
关于月亮引咎的潮水
关于雷鸣照耀的峰峦
像鹰击长空,鱼翔浅底
都是不能忽略的致命的关键

细沙一样的交谈
让我想起这样的雨天父母不能晨练

他们一定在屋子里走来走去，议论着
与担忧、责任和我们的挣脱相关的事情
是的，芦苇一样平凡的父母
他们的枯荣常是我独自哭泣的理由
泪落的声音飒飒地，像苇与苇的交谈
八月一个细雨的清晨
我凝眸远眺，不断地拷问灵魂
存活于世间的真正况味
与一根会思想的芦苇
究竟相差多远

5

不是我，是风！
让僵硬的土地心回意转
当活力重又回到芦苇的体内
是谁举起膜拜的灯盏

临水而居的小木屋里
一盘又一盘珍馐
让我们忘却了愈逼逾近的危险
一辈子总该铭记些什么
一辈子总该做些什么。可是直到如今
像一只迷途的羔羊，在大地上奔走
我仍然找不到足够的因由原谅自己

凭什么把一生的青草和阳光
在一个夏天吃完

历史钩沉，沧桑巨变
缄默的歌者呵
醉在无边的天籁里
听取芦荡朴素深奥的絮语轻声
是多么奢侈的夙愿

6

湿地，真的还湿吗？
我们的眼泪如溪如河如海
还能润泽多久
况且，空洞无神的黑井
——泪滴几乎枯干

那些择水而居的鸥、鹭、鹳
是不是在懊悔虚掷了信任和赤诚
那些携手而来的芦苇和碱蓬
会不会在垂暮中回首着热闹的从前
不应该是这样的结局吧
还是忍不住战栗着心痛，方寸大乱
我眼睁睁地看着
水泥替代仿真树木制造着浪漫

碧绿的原野正一步步退为精美的图片
土地的主人用凭吊的口吻向来客说：
这里曾经波光潋滟，万里浩瀚
曾经……是一把剜心的刀啊！
然后，转过身去象征性地揩一滴泪
众人唏嘘不已，靠遐想饮鸩止渴，浮想联翩

土地被抽去血液一样的水分
苇荡顿失骨骼一样的精髓
没有了燕语，没有了鹤鸣
粗粝的风依然肆无忌惮地盘旋
偌大的空旷和寂寞那么郁溃
盛不下一声无奈的轻叹

哪里曾是黑嘴鸥安居乐业的巢穴
哪里曾是白头鹞追星逐月的莽原
触目惊心呵
煮鹤焚琴的炊火是自毁自灭的硝烟
残酷的战争已经来临
最后的结局必定是带着悔恨，共蹈黄泉
该如何向子孙交付那份沉重
一躬到地，土地仍头也不回地归于荒蛮
气若游丝的美丽呵，返着易碎的光华
是谁让美丽游魂一样无枝可栖，无处收留
而今，我们是在玻璃的笼罩下

双手颤抖地捧着饕餮者的大餐

7

血管里流淌的从来是热血
我的血管里更多一些豪迈和果敢
骨骼里凝结的毕竟是月华
我的骨骼里更多一些倔强与傲岸
这样的成因突兀吗?
最好的证明在那里——
听!凛然正气浩荡冲天


拿什么区别于众多的面孔
靠什么辨析出独特的标签
即使我只做一个手势
也会泄露出风风火火的性格
即使我不开口讲话
也会展示出大大方方的五官
所有这些都是因为你呵
生命河床下清晰显现的烙印
——浓于血,重于盐


你是我来路上唯一的请柬
在苍穹之下枯萎或者茂盛
你心中常存不灭的信念

这不就是你的平凡与高贵吗?
能动能静，能隐能现
能聚能散，能直能弯

一滴水如何滑过叶片
一丝光如何照彻黑暗
你小小的襟怀蓄积着博大
你微微的气息海纳百川
不说我是幸运幸福的
但我不能不说
我是得到你恩泽最多的一个
缘于此，不枉对今生的眷恋

8

蒹葭苍苍，白露为霜
弄箫的伊人是否玉臂微寒

一叶而知秋
古瓷花瓶接纳了丰腴的秋天
紫蝶翻飞，芦花轻扬
弥盖四野的是淡淡的愁怨
回到你出发的地方吧
我的情思流连在八月和芦苇之间

风翻动书页的声音
就像一根芦苇说话的声音
那优雅的声音让我的思绪飘得很远
张家界。天子山下。贺龙公园。
一顷南方的芦苇是那么肥硕、健壮
我却不想多看哪怕一眼
植物的命运不就是承接雨露,迎迓赞叹吗?
面对它们我却吝啬得没有一句溢美之言

这是为什么呢?
从湘到辽的万水千山
我苦思冥想,苦思冥想终于明白
家乡的芦苇像故乡的亲人
早已先于其他的睿智、奢华与俊朗
植根于我柔软而坚硬的心田
这决绝的轻视是我一生的付出和无憾

9

当明净的冰霜尘封了冬的童话
我便以怀想和瞩望续接思念


儿子带着不易察觉的微笑站在墙壁
还有他四岁明媚的童年
倒伏在他胸前的那捆芦苇

洞穿落定的尘埃
横亘在历史与未来的断层上
那根发出灿烂光泽的芦苇呵
如今，以哪种方式流落民间

该安然地睡去了
那没有痛触的冬眠
惟妙惟肖的死亡迫近
你以无私的袒露完成悲壮的生还

啊，大芦荡
你是我的父辈，又是我的儿孙
不论走到哪里
你都是我生命中最贴心的旅伴
哪怕别人轻声地念及
也会令我甜蜜地伤感

当是是非非的恩怨走远
当袅袅娜娜的炊烟飘散
我将融入你轻盈的呼吸、浓稠的血液
并在你的波峰浪谷之间
醒转或者安眠

## 岁月：回首与瞩望

1

很久以来
我生活的全部意义就是等待
并在辽远的时光里慢慢复活
一种玄妙沉实深不可测的力量

等待一棵草带来群蝶乱舞的春天
等待一阵来路不明的风
和一片不知萍踪的云朵
等待成片的蛙鸣和宁静无边
等待突然而至的瑞雪
光亮丝带的红舞鞋，乐韵幽怨
等待即将收获的一棵庄稼
和飘香的米饭

等待不夜的温煦和半杯星盏

等待十字街头陌生的交错和颔首
等待车轮的铿锵和月色的辗转
等待一次幸运的参与
号码的滚动，错打的电话
等待未知颜色的诞生
可爱的水果，鲜嫩的夏天
等待一条皱纹一根华发
以及不夜的叙谈
等待一墙的老藤在观望中红来绿去
等待剥落的门扉滞涩的开启
一条小路犹疑地一闪
等待失语的河流照耀的灯塔
等待时针和分针共同遭遇的瞬间

等待煤的燃烧冰的融化
等待偶感的风寒意外的中箭
等待残酷的事故殊死的灾难
等待一次获救一次再生一次重蹈覆辙
我等待的就是你呀，朋友！

你就是我第一万三千个下午
翻到的页码
你就是我回头回脑找寻的那支香烟

你就是我哽咽着说不出的那句话
你就是天边驰来的骏马
以及后退的峡谷让出的远山
是谁阻拦了我们的相见？

我不知道你在哪里
但我知道你正朝我策马扬鞭
风里雨里，白天黑夜
冬夏春秋，沧海桑田
时辰未到
一切都不会呈现

十一月
多么明亮而忧伤的季节
北方的天空俊朗而高远
一点点别愁、一点点疏离
恰似我想象中你的容颜
雪花就是这时候开起来的
一簇一簇，点染着圣洁的宫殿
雪花就是这时候停下来的
一声一声，叩打着你的门环
你的梦中一定五光十色吧
充盈而饱满：
疯长的绿色。隐约的花香。
孩子的嬉戏。清澈的眼波。

/ 145

波澜不惊的池塘。清醒的睡莲。
或许你正幸福地眯着眼
生命里没有一丝多余的增减
那有什么关系呢?
我仍要慢条斯理地把想做的事情做完
——包括等待那颗没有破土的种子
在雨歇之后
涉过积水一次次殷勤地打探

疲惫的轻松。甜蜜的伤痛。
冥想的天堂。回忆的盛宴。
在飞翔的途中我要时常停下来
但并不是为了休息和安眠
除了等待我还能做什么?
除了等待我还能拥有什么?
我徘徊在星月之下,仰望深邃的蓝天
等待等待的结局和最后的莅临
或者比烟还轻的一声长叹

2

有一只手,正捏着曾经的伤处
在我快乐的时候在我痛苦的时候
在我低眉敛目茫然四顾的时候

静影沉璧。如水草浅浅地招摇
波纹的褶皱缓缓地动荡
如罅隙里滤过的清辉
使瞬间釉上亘古的光芒
如喧哗过后寂静的田野
而一粒稻米迟迟不肯归仓
那些偶然的相逢四溅的流星雨呵

关于委顿的老屋昏黄的纸窗
关于斗笠蓑衣油灯飘忽的炊烟
模糊的村庄
关于樱桃挑起的灯笼
关于老玉米的清香
关于短上去的衣襟小下去的鞋子
关于蝴蝶标本凝练的日子，夸张的翅膀
关于匍匐的车前子，沸腾的红辣椒
关于久违的黑白电影，凌乱的奔跑
一声犬吠，半截断墙
关于眼前道路的弯转身后白杨的凝望

关于羞赧的手语沉潜的语调
关于四个喇叭的立体声，满地的
松针。浪漫的青春
关于不动的树梢大胆的月亮
关于熟悉的词语陌生的笔迹

一场又一场伤心的太阳雨
关于亮起来的城市暗下去的门牌
关于果子般的泪水挂在脸上

关于重现的玫瑰从前的芬芳
关于停留的脚步奔走的思想
关于日暖青山霜冷长河
关于麦田里稻草人固执的守望
关于短暂的智慧长久的迷茫
关于持续的大火辉映的天光
不为人知的细节在澎湃地聚拢汇集
提升。溢漫。灭顶。
呵，那些氤氲的年代隔世的忧伤

我就是那个执着的点灯人
隐于黑夜隐于斑驳
却把遥远的今生照亮
我就是那个怀想羊和花朵的小王子
遍踏河流平原沙漠山川
发誓在浓缩的一天里
看尽一千四百四十次沉醉的夕阳
贮备后半生的营养

如果愿意你就记取
如果愿意你就忘却

一切都没有想象的坚强
我不知道风从哪里来
但我熟悉它的气息和形状
——那是往事的气息和形状
颓废的美，陶醉的烟，荣誉的灰
逝水。忘川。长街。短巷。
越来越远越来越远
却作结于忽然的泪光

即使，即使我不在尘世
而属于我的往事还在
在风中在你的身边流淌
像鲜艳欲滴的汁液，一不小心
就会温柔地把你擦伤
再看看奈何桥上那个迟疑的背影吧
你就会懂得一声细语的力量
而你心跳的频率
是否会和从前一模一样？

## 天堂失火了,拿什么拯救爱情

1

在爱恋泛滥的年代,我不敢
说出我的爱恋。然而我冷!
呵着双手无所适从……
路边是耀眼的雪、干枯的草
凌乱的脚步和心跳,正午
也不能使我从容

南方。一座空想之城
——隔膜、精致而完美
在熟知的语境中,来去匆匆
盈盈的陈酒、四处流溢的幽香
秋波、甜美的果肉……
温情地殉葬

丝帛缠绵着，雨下个不停
水汽清浅地簌簌落下
掷地有声。如诉的洞箫冰冷似水
低回、柔媚地断肠
像燕子，在烟雨中剪剪潜行
我依着门廊，神色凄迷
裤袋里的双手，轻——
那是从前的空洞


冬天里的春天迟早会来
否则，黑暗如何缔造黎明
循规蹈矩的乐曲，如何忍受
眩晕的俯冲？窗前，喧闹的迎春
七嘴八舌议论着天气……
唯有紫丁香，忧郁地转进小巷
一浪覆灭一浪。山谷说：一声叹息
就是一个果……果……果……
天堂失火了，拿什么拯救爱情？
缅怀即将到来的一切
我闭目合十，神闲气定
那句心疼的话，最好
一辈子也不要说！为它
缄默、苦恼、心碎、放逐……
是值得的。背弃与逃离

我要背起行囊，独自远行

年复一年是怎样的河流
倒灌的潮水足以灭顶
频繁麻木的开始令我厌倦
这次——是否有所不同
精力充沛的颠簸，不尽的旅途
风驰电掣，柔软而铿锵的驿动
醒来还是睡去？痛触与甜蜜
先别出声！我只想一直走
缓缓地出轨……

真想变成鞋子走来走去
走来走去，如果你是大地；
还想变成自由流畅的呼吸
如果你肯做天空；或者
随意的一张纸在你的案头
随意的一支笔在你的手中

但是现在，我只能是
自己的纸和笔。坐在阴冷的屋子里
写诗——胡思乱想，慢慢地困倦
在怀想中恹恹而幸福地打着盹
可是，窗外那么明朗！热忱地奔走
是谁感动了冷酷的严冬？

你不在窗外？真的吗，不在窗外？
市井喧嚣……夸张的落日
使修约的白桦林，更加唯美
次第坍塌了，澄澈的
泪水丧失光芒
弥天大雪。雪落无声。

我是出口，是倒伏的栅栏
是一段改不掉的错误
是走时不准的挂钟
但这一切算得了什么？
什么也不能阻止
我的从容

因为你的缘故，剩余的
日子，我要一寸一寸
节俭地慢下去
然后，成就一生

2

十字街头。音韵闪烁
台阶在慢慢上升。提纯。弥漫。
歧路亡羊。黄昏的暮霭中
呈现出我的想象。但是——

你的突现是个意外
如模糊的夜色,从树隙间
果决地一闪,令孤寂的
往昔绝望

翻过密集的灌木丛
我怀揣护身符,去见你
在黄昏时分,翻过波涛的小山
和金色的池塘

走了许许多多的弯路
——这一次难免也是弯路
但愿是通途最后的接壤
所谓永恒就是速死、善意的欺骗
我是刽子手,我要删繁就简
否则,门前的华盖就会
没有规矩地疯长

风解开谁的发辫,风又是
谁飘逝的长衫?
柴扉虚掩,萤打纱窗
童年的游戏散去了,留下
深深浅浅的脚印,在水中跳荡
还会有乍现的火焰吗?

还会有彻骨的瓦解吗?
周遭荒芜,满眼时间的伤
把玫瑰床安置在哪里
恰好听到夕阳沉坠?
把玲珑玉戴在哪个手指
恰好匹配我的堕落?
稻菽们挤在一起,温暖着
在黄昏中感恩、出神,无语凝噎
共同期待那道伶俐的寒光

……温存的自缢
心灵的故乡
"不同的嗓音,同一种歌唱。"
我要把思念的旗帜,插遍山冈
缤纷怒放,猎猎,如渐次浮现的
暗示,哀伤而嘹亮

荣誉、放纵、陶醉,是一杯杯毒酒
慢慢地游走慢慢地燃烧,零落
成灰、成烟、成漫天火光……
我抱紧双肩视而不见,那些
粗糙的细节,可贵的细节
那些流落民间的金屑——
总之,与你相关的细节,精打细算
我要一遍遍地淘洗,并用心打造

一朵内敛而放达的金蔷薇
不舍昼夜,复活
在我的襟上

时光的流放地在哪里呵
南方以南,北方以北
一粒耀眼的细沙,深情地
凝望。一步步走近
又一步步走远。短暂而绵长

3

我是心甘情愿迷失的
在夏与秋之间;错过与遗忘
之间,拔地而起,一座
无名之城

我记恨你的冷漠
化不开的夜,咸涩
蓬勃的蒿草
背对着风

——这不是我的本意!
我的本意是:发现一个宝物
握牢,再握牢,然后放松……

轻快地拍打着双手。可是
因着你的冷漠,徐徐
开启了神秘之城

打坐于月光的蒲团
四周起伏着先朝的蛙鸣
雉堞。岁月的牙齿
脱落了,啃不动苍劲的命运
徒然狰狞:
匍匐是一种宿命
残缺是一种宿命
我在意那座镶嵌着苦难的
苍凉之城!唯有它的苍凉
让我素心安宁

黄土之上,衣袂飘飞
青草的气息也不能
持续青春的体香
到哪里安心地沉睡?
到哪里恣意地蹁跹?
深邃的痛苦锁住喉咙
茫然四顾……我追寻着
摇醒树枝的第一缕惊风月影
冥冥中,不动声色地
奔赴、滑行

贴近九月,贴近毫不知情的
九月,像露水贴近植物
像季节贴近霜。微凉
是刹那间的清醒
制造完灾难你就离去吗?
如分水的鱼儿,避开刚才的爱情
热闹经不起摔打和推敲
如冷漠重不过内心的汹涌
一片翎羽旋舞着
应声落地。猝不及防

傍晚,我退到古玩架上
退到风化的古穴之中,退成
坐北朝南的圆润瓷瓶
劲松。闲鹤。弯月。山门。
还有那条清亮的小溪,动荡着
怎么也流不净……

## 自述：北方

1

是的，这是一棵纷披的大树
树皮继续龟裂下去，在沙砾的风中
我是一段枝丫，随意的一段
细小、清脆、明亮，微微地痒
成长的阵痛及隐约的期许
在午后，也许是黄昏时分
牛的绳索还没有退下，一层层
黑色浪花平静地翻卷着。或者牛
半躺半卧也说不定，反刍
那些不知愁的空洞的

岁月。夕阳的布景原始、凄美、迷幻
彰显与生俱来的神祇。老屋披着

衰草的蓑衣，时刻迎候着
远道而来的风雨。无声。挣扎。
咬紧牙关。沉着淡定的最高
境界……活着。

2

是的，这是一种危险的表述
像紊乱的脉，像来不及的刹车
像崖边悬垂的劲松，慌乱中
我不知道踩着哪一阵鼓点
才能跟上你踢踏的脚步

什么比土地更硬
什么比泪水更咸
噤声。年复一年的四月呵
犁铧被具体和抽象越擦越亮
像那种搭救性命、毁灭命运的金属
郑重地挂在斑驳的墙上。永不蒙尘
如高高在上的精神。光阴只知道握牢
实实在在的五谷，除此之外就是不务正业
子虚乌有。被土地放逐就是
被生活囚禁，还有飞沫和白眼。看不见的
战争，旷日持久

3

是的,这是一片永远晴着的天
即使大雨如注,即使泪水滂沱
我曾经写过一首诗——
《故乡:一把晴雨两用的伞》
伞、故乡,是北方的别名
不过,伞多么道具多么矫情
一想起它,我就浪漫、飘,但是
有一只手轻轻压低我高昂的头

那些意象饱满、诚实,与刻板的时光有关
又无关,但它们却温柔地攫取我
不是在清晰的遗忘中,而是在某一个傍晚
在奢侈的太阳雨中:一两道启迪的光环
水粉的凉鞋细细碎碎敲击着石板
蛙潮沸腾。满池浮萍、落花
过早丰满的桃子、高而细的背影
动荡着,模糊不清

4

是的,这是一阵来路不明的风

我被它搬来运去,仍然无处
停泊,无端内耗与消弭。我缄默
唯有缄默,并保存好檐头井水的血压
保存好黑土的嘴唇和肌肤,窑砖的
眉眼,以及躲到哪里也逃不脱的
遗传疾病、声调、手势、步伐……
哦,我固执倔强的北方

……原乡人,守着那份默契、干净和穷
像大地上最宽宥的植物,一茬茬枯荣
偶然的分神和蛊惑,不过是
一场小小的伤寒,必定导致
水土不服。根治的偏方只有更深地
埋下头,向土地索要一身透汗
把曾经演绎成传奇,憨憨地
笑两声。或者干脆绕开
仿佛炮烙仿佛陷阱

5

这是一个奔跑着的黎明
我听到火车卖力地奔跑,在黑暗中
轻轻地咳嗽,像老宅邻家的男人
摸黑儿提锄推开院门,身后是
一小段完整而脆弱的死寂和虚空

火车呵,大地足够旷远
你的胸膛足够宽广,而你
还是停下来,吐出我
像吐出一根哽喉的鱼刺……
这样看来
即使我走得再远也是徒劳了
——不仅缺水,还缺少命定的支撑!

宿命的水土在迁徙中
兴奋、疲惫、犹疑,可怕地丧失
如不可遏止的泥石流,严重淤阻了
虚拟的通途和放纵的光芒
我清楚地知道:从此以后
所谓的一生,已支离成
毫无血色、毫不相干,永远
无法拼接的两部分
……没有来生

## 辽河北路：光阴的故事

1978年。胜利小学。大车店。

我承认，我是个顽固派、死党
一时半会儿不会离开这里
不会离开我虚幻的童年——
那一年我10岁，是胜利小学的学生
每天每天，要经过那个马嘶人喧的大车店
和辽河北路，才能坐进三年级二班的教室

晴天、雨天都同样泥泞的辽河北路上
蹲着挎柳条筐的农民，他们一边卖着沾满
马粪的果蔬；一边认真地抠着黄胶鞋上的湿泥
他们，来自新开垦的自留地；它们——
则来自额外的清晨和黄昏

那一年我10岁,却已有了明确的哀愁
和越来越大的胃口。辽河北路像饥饿的直肠
总不能满足我的愿望。我眼泪汪汪地望向窗外
侯宝林的相声也不能让我笑得更加长久
没日没夜地,我只想实现两个理想:
或者像车老板一样,天南海北神秘地游走;
或者,像八一饭店的服务员那样
天天都能吃到香肠和水馅儿油煎包儿——
那些馋得我直想生病的美味呵

1978,那一年我10岁。我得承认——
表面上,我是个难得的好学生:两道杠儿
是学校的鼓手,是所有墙报的板报员
但我自己最清楚:好女孩不该有出格的要求

   1983年。集贸市场。小剧场。

这一次,从小巷深处出来,去了相反的方向
在辽河北路的另一端,我很快
有了准确的方位和崭新的校徽:盘山四中
也很快融入了周边的世俗生活——

校门口,那条百十来米长的土路
是最大的集贸市场,负责所有人家的餐桌
晚课后,我们紧紧攥着手里的几张角票

也有了挑选零食的权利。如果恰好还有剩余
那些零钱还有另外两个去处：小剧场里
《小兵张嘎》《南征北战》《甲午风云》
笑笑哭哭无数遍了，还去体验……
冰果店中只卖5分钱的冰棍、2毛钱的冰砖
那个盛夏里披着棉被哆嗦不止的孩子，就是我！
在低矮的门洞里，有几间平房叫文化馆
有人穿着靴子，在漏雨的屋子里油印小报
再激昂地读出声；还有人在葡萄藤下忽左忽右
没个准头儿地调音，并试着给汉字插上翅膀
可是，谁也不会想到，若干年后
我竟成了那张报纸的"火炬手"……

无数个夜晚，望着窗外的匆匆车流
我一站站地往回走，曾经的一幕一幕
多像电影的蒙太奇，飘着雨雾、伴着杂音
让人莫明其妙地想捂住脸，无声地哭……

　　　　1987年。南方。照相馆。

从辽河北路出发，我成为一名新工人
一名专门和"水"过不去的化验员

19岁的那个冬夜，寒风依然刺骨
我怀着朝圣的理想，一路颠簸！一路向南！

牙龙湾、大东海,让我职业的眼睛
时而深蓝,时而锃亮……半个多月后
我于另一个深夜,悄悄潜回了小城的严冬
《人生》中有句台词说:街道怎么这么窄呵?
这是高加林回乡后,第一个真实的感受
面对行人寥落、车马稀少的辽河北路
忽然想起这句话,我觉得是有罪的……

但这并不妨碍我们风光:我和姐姐穿上
泡泡纱的衣裙,在"滴园"照相馆里反反复复拍照
有事没事也要到辽河北路上,逛一逛
那个夏天,来自中英街的布料,让我体会到
最初的虚荣和骄傲。国贸大厦也被我压在
玻璃板下面,练习遣词造句……

从此以后,我不再恐高、不怕旋转
渐渐爱上了飞旋的时代和飘香的米兰
从此以后,我养成了每天等信的习惯——
仿佛,忽然之间,远方多出了许多
值得让我日夜惦念的亲人和朋友

  1998年。凤凰。香港。

凤凰找到了高枝,就像婚纱找到了亲密爱人
在辽河北路上,凤凰皮衣店是真正的凤凰

一夜之间,仿佛所有的人都成了梧桐树
我们"爱皮草、爱新潮、爱生活"
而婚纱摄影,让所有的日子永远停在初恋
所有的日子都是刚出炉的生日蛋糕,要有桂冠
要有空运的鲜花、红酒、小巧的嘴巴
和矜持的刀叉;要有死去活来的周华健、
泰坦尼克、海洋之心和悲伤的大西洋……

每个周末,辽河北路都会聚集着格调高雅的人
如果暂时不在,一定是在去辽河北路的路上
我时常牵着儿子经过那里,去书店找他的"书虫"
《神探柯南》和莫扎特。中午,我们会准时出现在
"加州牛肉面",也可能是"新阳光快餐"
那份悠闲,就像1998年的春节,全家十一口人
坐在香港的北方饭店里,吃着芹菜馅水饺
听爸爸意味深长地重复老人家的话:
是的,到自己的土地上走一走……


  2000年。诗歌。澳门。


辽河北路上已无处停车——这条盘锦的
王府井、南京路,还要一路热闹下去
而我在意的,却是它给予我的修炼——
在频繁的诗文中,它是福克纳的"邮票"
也是梭罗的"瓦尔登"。这么说,是羞耻的

因为我没有他们的成就和淡定，也没有了
19岁的虚荣。但它一直在我的心中
一直在！像个老人，慈爱地看着我长大

看着我告别工厂，告别窘迫和青涩，回归
诗意的生活——虽然我至今仍不懂诗的真纯
但我开始读诗、写诗，并与文字相互确认
——好似站在妈祖庙、大三巴面前
我轻轻地替祖国唤着"女儿"："莲！"
而她，看着我微笑，却一言不发

## 2008年。音乐之声。湿地公园。

30岁的我，青春依旧地站在新居的墙上
那是我走了十年，才发现的秘密——
30岁，如果用另一种方法换算
能不能说，这就是新新祖国的模样？
我打开班德瑞，看到了仙境、日光海岸
和梦花园；看到了永远的母亲和自然

那一夜，辽河水从我家门前流
那一夜，湿地公园是另一条欢乐的河
是高高照耀的透明的红灯笼——
中央电视台《倾国倾城》的大型演出
正在进行之中，恰好有朋友发来信息问候：

现在的你和盘锦是否安好？我忙回复——
来吧！过来走走，顺便看看老宋的前半生：
父母安康；儿子见风就长，已经1米88；
我不是美人，因此也没有迟暮之苦
况且，还有正肥的河蟹、正香的大米
新鲜上市，等着把你的馋虫慰劳
朋友狡黠地一笑，调侃着说：谁像你，
水馅儿包子都能馋得你要私奔！
我们隔山隔水地哈哈大笑……


我说过，我是个顽固派、死党
一时半会儿不会离开它的
七十二变——三十年间，搬家无数次了
但每次，都在辽河北路前后左右转来转去
转来转去——像一颗不会自转的星球
必须依赖它，感知流水、落花；依赖它
幸福地隐于汹涌的人类……

# 阳关　阳关

### 阳关三叠

渭城还在,朝雨初歇
被洗亮的除了亭台、柳色、鸟鸣
还有隔夜的杯盏和心情
古琴弹至三更
相当于水穷处暂时放下
一咏三叹,一波三折
若有若无的音韵,遮住赧颜的
水袖,是谁最后的埋伏?

陷得太深了,无法自拔
遥迢征途,苍茫如幕
斯人已绝尘而去,从此
天涯不过是月亮和爱人的别称

可是，我要立即启程——
像骆驼那样，贮存足够的食物、耐心和光阴
慢慢地，在戈壁开掘颤抖、明亮的泉水
——用夜光杯的神秘、冰川的剔透
丝绸的体恤、葡萄的深眸
一点点靠近你……

……而佳音迟迟不来
驿使怀抱十万火急的鸡毛信
面露疲惫，鼾声高一声、低一声
应和着雁鸣。这累人的浩瀚和爱情
要赶在孤烟倾斜、落日破碎之前
抵达你病着的心脏
否则，你大睁的双眼，在悬空的风口
听穿门而过的凄厉风声越来越紧
怎挨得天亮、又天黑？！

相思辽阔，你在明朝的那一端
而我，居于鸭绿之江畔
怀揣东方的婉约，以及韧
如蜿蜒的砖石，匍匐、绵延
在大地上绘就波峰浪谷的生命图腾
这一万里的山河和日月
满满当当，没有卷边儿和缩水

便是完完整整的祖国

我终将渐渐缩小
最后,满意地在一粒沙中安睡
——亲爱的,请你不必担心:
西出阳关,我还有你……

或许有可能……

没有什么是现成的
在沙漠里跋涉,铺开繁华的丝绸
总是要付出代价的
隧道。烽火台。铜炮。剑戟。
卷起的烟尘,和往事的力量相互抗衡
而今,风沙早已将呐喊与厮杀一一抚平
风雨雷霆,抑或风和日丽
是不是你命运的双重?

——好吧,我愿意!
若死就死在沙场
若梦就梦在温柔的雄关之城
因为爱你——我愿意过其中的任何一种人生

## 武夷山水间

### 九曲溪

一曲给满坡的草木
绿得嗓子眼儿,发堵
二曲给脉脉的青山
相顾无言,水墨滴答滴答地流
三曲给清澈的溪水
只管一个劲儿走,让别人去愁
四曲给奇峭的崖石
咬紧牙关,守着满天星斗
五曲给行行的茶树,给你荣耀的盛年
不单单是遮体、保暖的红袍
六曲给沉默的悬棺,祭祀和传奇渐行渐远
别惊扰他(她)深沉的睡眠
七曲给不怕死的飞鸟

给你三千里的翅膀、橄榄枝和万里河川
八曲给疑问重重的山路
给你奇峰、脚力和无疆的视野
九曲给竹筏上的旅人：留下，大醉一场吧；
离开，心尖儿上萦回着如烟似雾的乡愁……

## 悬　棺

腐烂的意义戛然而止
作为人类，你承担的猜测太多
佛说：油尽灯残
佛还说：自生自灭
其实就是说，肉体多么无用——
如何沉重的肉身
充其量不过是一块冰凌
其实就是说，你存在过
如今已金蝉脱壳
犹如永久的谜、至上的群星
让你更接近信仰的神明

## 漂　流

顺流而下——

我是没有难度的溪水

没有障碍,就一路欢畅
如果遇到石头,就翻起浪花
两岸青山向我拥过来
抱抱它,抱抱它,别怕湿了皮肤
闽江沙细水暖,千年的茶树一言不发
这是青蛙,那是老鹰,还有淋漓的水墨
痴情、美丽的故事和传说……
微缩的人间美景,大致相同的人生
——怨憎会,爱别离,求不得

请允许我放纵!
允许我顺——流——而——下——
像个魏晋诗人,在山水之间
站立成峰,醉卧为溪

## 玉树诗篇

### 巴塘草原

色彩的对比,才知道什么叫缺氧
我把另一双眼睛留给巴塘
它草尖儿上的露珠;风马旗
万道霞光般,猎猎飘荡
冰激凌的雪山;低头觅食的牦牛
格桑花;慢慢踱着的白马
以及它微微纷披的长鬃
晒太阳的人们,野炊,欢笑……
它不说话,却把所有的言语、念想
全部囊括和吸纳

在伤痕累累的生活面前
巴塘,你太鲜润了

真的分不清你、我谁是"绵羊"——
阳光一晒,就化了
一落地,就缺氧
我需要纯色系的明净与开朗
与干净的人,一起
终生成为彼此的信物

（巴塘,意指羊"咩咩"的叫声）

## 嘉那玛尼石城

我来自你以命相抵的锻造
来自一刀一斧带血的镌刻
从石头里找出真言
在水中孕育眉眼和性格

此时,语言多么无用
它没有最小格桑花的颜色
没有百灵的翎羽和颤音
佛说:流水带不走的,都会发芽
25亿块玛尼石哦
双倍的亡灵,日夜吟唱
黑夜中,也能听到灵魂相拥的声音
花雨纷飞,彩虹当空
——"嘉那活佛,你来领诵!"

这天上、人间的不朽丰碑
只需要硬的膝盖，和洁白的骨头……

白马从草原深处归来
在寻找骑手，还是独自疗伤
经幡上没有风，却也能一程又一程
把不安的魂魄护送
超度。如此廓大的时空中
我失血的唇，发不出一点儿声息
无端地，热泪奔涌……
一遍一遍地淘洗，一年一年地流逝
它们想着各自的心事
却无一例外地，通往共同的远方
——要高，就立于山巅
要低，就赋予流水

亲爱的，你是我的一撇
我是你的一捺
稳固，生动，发光
跟随日月的转轮，转呵转
如沉坠的流星、破碎的浪花儿
不要理想，不改初衷……

## 三江源

一个民族的高度
源于低处，是合理的
正如：安静与奔跑
本是事物的一体两面——
正如：一匹马
就是自己的远方

液体的生命，何其浩荡
生生不息，三条命根子哦
是灌溉以及拯救
——是最初的雪水
最后的乳汁

青藏高原，母亲孕育的开始
天地间，巨大的产床

## 草原之夜

思绪，被不断地岔开
像松开四蹄的马

只有这么纯的色彩
才配得上你的苦难

蓝、白、绿，是你的三原色
亮堂的嗓门和高原红，合情合理
声音是一层层推开的窗子
摧毁坚冰
是雄鹰的双翅，箭一般飞升
偶尔，倾斜着着陆
随时冲破水银柱的沸腾

——神早已准备好一切
就是为了在夜晚，在繁星之下
清晰地听到：
蝉的呼吸均匀，孩子的呓语甜蜜
幼兽们吵吵闹闹着
就打起了盹儿

水玛尼

草原，是巨大的消音器
——吸纳，也清空
但是，达到什么样的海拔
才会具有发现与创造的高度？

没有信仰的人，是可耻的
在草原，我只信仰爱
——虽然，爱得浮皮潦草

在草原，我不敢说大话、使小钱
不要小性子，不乱发脾气
也不吝啬赞美，虽然依然挑剔
不希求彩虹在雨后，弯弯地挂在天边
——适当的美足够了
我怕因贪婪，积重难返
无法抵达你的心脏

隐秘地穿行于人间
要有植物的底气和神明的忧伤
像小草那样倔强、流水那样从容
水玛尼，你这日夜流淌的祝祷之河
把文字和誓言，写在水上——
要经过怎样的洗礼
才能淘出银质的月光和
生命中的盐？

## 原　谅

原谅你在最好的时候，没有遇见我
原谅你不讲道理的信任和果决
原谅你三步并作两步的爱、侵扰和掠夺
原谅你说得少、做得多
没有让耳朵享受到美妙的音乐
原谅你金光闪闪的外壳

原谅你音讯杳无,却能安然入睡
哪管风声鹤唳,我是陀螺
原谅你偶尔自暴自弃、失意、脆弱
原谅你,那些我恨入骨髓的毛病和习惯
你却死不改悔,从不认错
原谅你时而没心没肺,时而一条道儿跑到黑
新的苦旧的难,一件都不说
原谅你,打牙往肚子里咽
连葡萄皮也不吐一个
原谅你把自己养成孤灯、只影
夜夜横泊的舟舸,在波光里打转儿
在人群中,嬉笑怒骂;独处时
却坠入黑洞的漩涡……

在草原,我也原谅了自己
不再追究,不再计较
原谅了那谁、那谁谁曾犯下的错
——否则,我的余生
永远无法辽阔

草原与群山

你说海
那些绿色的草,就动起来
你说连绵

就呈现出迷人的曲线

车过巴塘的一段山路
群山被一把推远
草坡茂盛,如柔软的皮毛
年轻,光滑,闪亮
——巨兽微微侧了一下身子
就像人们常说的:风吹,草动……

草原与群山,它们默默潜伏
随处都是静卧的火山口

## 经　幡

走到此时,我们还同在
这真是奇迹

雪线清晰,像棱角分明的唇
压住紊乱的心跳

遍野经幡,猎猎成旗
——祭祀那刚刚离去的
怀念那迎面而来的

# 风,不停地吹打着院门

## 绥棱黑陶

语言轻浮而无用
在你的国度里,黑厚的嘴唇是
胎记,锁紧生殖的秘密
是土地的上上签:
请勿倒置!小心轻放!

粗糙和细腻,一念之差
生死——也是。
我爱你灰尘满面、守口如瓶
也爱你的断章与残简
仅在泥水中摔打
人与人还不能称为伴侣
还需要上帝的旨意、几个时辰

反反复复的好天气坏天气……烈火，尖叫
却使你——幸免于毁灭
你冷峻、涵养的样子
如威仪的王，在光阴的罅隙间
端坐于五谷之上、未来之上
——星宿列阵，你有自己的秩序

## 风，不停地吹打着院门

不曾来过，却从未远离
童年的谣曲，水芹菜的记忆
否则，是谁在絮天使的翅膀？
天地有大美而无言
一花一草却时时记得自己的歌
有人向土地弯腰，有人倒退着走远
更多的人遵循朴素的道理：
不弃，不离，不发问，不谴责
倒哪儿就埋哪儿吧
而我，四体不勤、五谷不分
像个逆子，半生顶着风

风，不停地吹打着院门
乡野、池塘都午睡了
这蓝天，这白云，这山河
浪费了太多的想象

它们疯跑，它们撒欢儿
拦不住的小蹄子嗒嗒驰过夏季
贴在布景的远天
哦，我是在说沃野吗，或者
松辽平原、绥棱、小时候？

"根找到了住处，树把它不需要的
举向天空"。你看——
白杨止不住喧哗
止不住颤抖……树大招风
树大，也涌起潮汐
我是多余的树杪，颤巍巍的高处
一想到水、土、血液
和弥天大雪，心就一阵阵发紧
难受一下，甜一下
——虽未谋面，却根本无法区别
旷野如浩荡的饥饿，风吹院门
是狼，也是我

## 绥棱·生日

乌云和晚霞，交替漫上来
有股生铁的味道
拱桥和水湄的蒲草
倒退着，成为傍晚的同谋

在绥棱，6月在疯长
奇迹就要被我看到
高高的烽火台上，是纯棉的白云
垛堞下面，是忘忧的萱草
英雄、家国、梦和金属
都在这里聚齐了
整整48年，我才走到这里
——花儿娇小，叶片肥大
越苦越要笑，紧紧贴着地皮

蜡烛次第盛开，如莲蓬
万箭穿心的痛快
这是一生中的第几个本命纪
还会有……几个？
"人必须生存到那想要哭泣的心境"
而没有眼泪……的境界
大地早已置下筵席
又备好水酒、氧气和兄弟
闭上眼睛，双手合十
这完全是假相——
真的，虽然我一口吹熄了蜡烛
但半句祈祷也没想好
——刚刚出生的人，没有要求和罪责
只有慌张和感激

# 柳青故里行

## 扉 页

我一直记得你的存在——
在学生时代笔记簿的扉页上
你说：漫长；你说：人生。
最初的爱就是这么来的
殊不知，这个"多余"的孩子
却给了另外的孩子们
美妙的星空和梦

你在兰家坪，在黄昏，在山野
也曾在1946年3月的大连，我的北方
文字的密码，永不消逝的电波
有轨小火车叮叮当当
它向南、向北，它向东、向西

顺着自己的意思走

一个少年来过,一个时代远离
但是,我们的父辈——
永远的黄河,如飞扬的奔马
大地之上竖起的图腾

如今,墙上的父亲哦
我再读你一遍,就小了一岁
再读一遍,就回到从前。不过——
说定了,我们不创业:
我们——烩面,过罗湾桥,支起葡萄藤
借着月光,你修改我的作文
并在空白处,一字一顿地写下:
"人生的道路虽然漫长,但紧要处
常常只有几步,特别是当人年轻的时候"

大地是一刀上好的宣纸
扉页,被风轻轻轻轻地掀着

## 空心挂面

舌尖上有盛宴,也有风暴
心空如也,那是痛快的代价
不顶饭吃的后果

是后来的事情

饱食终日,我知道饥饿意味着什么
心,不能空;心肠,不能硬
在深山中修炼,你完整地保存了自己
足不出户,却步步为赢

"世界上没有哪一次恋爱
能够代替爱情……"
反过来说:哪一根面
都是双重的食粮,养育众生
绕指柔,并不是懦弱
瀑布中藏着惊涛和雷霆
皱一次眉,要动用43块肌肉
而微笑,只用17块——
但是微笑也有难度
在兵荒马乱的世界上
让我爱恨交加的事情只有四种:
食物,情感,幼小的事物,不确定的
日子和点点星空……

## 黄河石

苦难已远,水落石出
静卧在书柜的玻璃门后面

木是床，纹是浪
它一声不吭地模拟着我们的晚年
缓慢，持重，心藏巨澜——
黄河与黄昏的品质，似有所同
翻卷的云霞，与浪潮
同族同宗

天黑前，茶已喝了几泡
你看了看窗台上新开的兰花
手书一首唐诗：酒，边关，长风……
叼着长长烟灰的烟斗，歪着头
站在庭院里，你开始剥蒜
——哦，黄昏恋上什么都有可能
唯有被胃口终生挟持
它向所有的违逆说：不！
大雪，盐，水饺，酸菜氽白肉
一条道儿跑到黑……如滚烫的辽河
它就是你的黄河，你的父
像兄弟，等你在入海口
……压住半生惊涛！

# 父亲的草原　母亲的河流

### 诗人节，在草原遇雨

夕阳是好的，公路是好的
欢声笑语的面包车，是好的
马背上的陌生人是好的
曾经熟悉的牛羊，是好的
蒙古包像散落的珠贝，是好的
时断时续的草场，是好的
翘起的尾音和260公里，是好的
惊见朋友经常提及的大青沟，是好的
高速奔驰和慢下来发呆，是好的
不舍得盹睡，是好的

天忽然阴下来，是好的
没有形成沙尘暴，是好的

闪电是好的,突遇的暴雨是好的
花儿低了头又仰起来,是好的
裙子飞舞,丝丝凉,是好的
我最后一个冲进雨幕,登上车厢是好的
雨中的诗友举着倾斜的伞
没有用上,也没被刮跑,是好的

到达通辽的第一个夜晚
迎宾酒还没开始喝
就遇到一阵暴雨是好的
这说明草原的性格,是好的:
它黄土垫道,它净水泼街
草原的最高礼遇哦——
让我觉得
红尘滚滚中,做一名诗人
是好的

## 草 海

人间的命名就是占有
——其实,被叫做什么
仍然还是它本身

在草原
每一棵草都没有姓名

它们的使命，就是一动不动
因异常孤单
死而复生

### 父亲的草原

一次"意外"
或许，就是一生——

父亲，在通辽
我遇到你的一岁
重新开头、重新起步的一岁
折断时光森林的一岁
找到了生命之源的一岁
并且，在一个小女孩儿的身上
找到自己：面孔、生活习性、嗓音、肤色
服饰……否则，为什么泪光盈盈？
蹄声清澈，打马，经过草原
绵延的山脉，柔滑的胴体
模拟着一个女人
遥远的今生

父亲，说好了替你看看草原
这巨大的容器，旋转的轮盘
消音，成比例微缩——

哦，我本来就应该那么小：
……你只有一岁
而我，仅配是一滴牛奶、一粒草籽
还在孕育，未曾发生

亲爱的父亲，从此以后
我将终生携带着草原
——不，是我心上长草了
我深深记住了，您曾经说过的话：
做石，要做碰石；
做人，要做意中人。

(★父亲一岁半的时候，随我的祖父母离开通辽，去辽宁定居。)